山水

玉井清弘

歌集

SANSUI
Kiyohiro Tamai

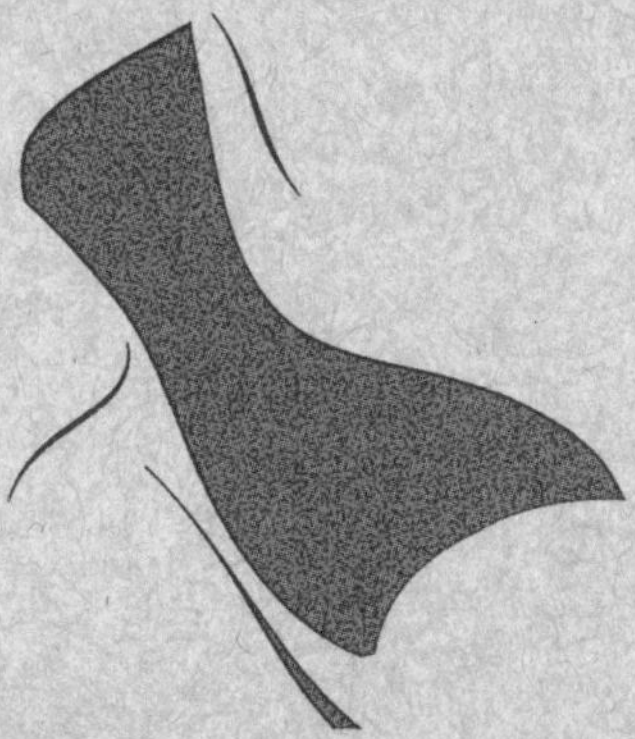

短歌研究社

山水＊目次

装幀・倉本　修

山水

さんすい

甕　硯

しばらくを休みし遍路にいでくれば大宅世継に出会いたりけり

よもぎ餅二つを求めその場にて食い始むれば茶を淹れくれぬ

道問えば作業をとめてそこまでと別れ道まで送りくれたり

薬師草道にむらがり咲きており立冬の朝志度寺へくだる

二度の癌オペに耐えたる媼より飴玉二個の接待受けぬ

観音にすがり癒えきとお接待の媼は問わず語りはじめつ

うなずきて聞けば来週検査日と言いて媼は沈黙に入る

抗癌剤続きいし日の苦しさを繰り返し聞くベンチに並び

生き残る勝ち組ならずふり向けばあの人も逝きあの人も逝く

屋島山麓の四国村で「JAPAN　BLUEの世界」展。

ジャパンブルー油単の紺は瀧なしてふかく秋の気とらえ息づく

讃岐産木綿に藍の紋様の松竹梅は風に歌えり

伊予絣の重き布団をかぶり寝し幼き日々あり戦中戦後

「染司よしおか」吉岡幸雄氏としばし立ち話。

甕覗《かめのぞき》の色はこれぞと教えらる今日のひと日のほこほこぬくし

働ける人らの服になじむ藍阿波の風土をふかくたたえて

紅きざす

祝い膳早く終わりし幼らは放れ駒なり四人の走る

点滴の効きて平穏に過ぎし年妻にいやしけ今年のよごと

注連飾りつるしたるのみ雑煮餅もらい黒豆煮たるをもらう

クレジットカード失い事後処理にうろうろとせり十日余の日を

ぼんやりといれば不安のとりつきて陽だまりに濃し時代の鬱は

腹筋のいもむし運動老いて得し椎間板のヘルニアのため

ボタン穴ずれて着ていし午前中　鏡に気づきかけなおしたり

武川先生訪ねゆきし日着ていたる上着のぼたんひとつずれいし

これがもう最後ですよと和子夫人さりげなき別れのことばたまいき

正月が来たるに運勢好転のきざしなどなし停滞続く

勤続の十五年目の一か月休暇に次男遍路に帰省

何ゆえに歩き遍路を希望せし　次男と歩きついに訊ねず

先達となりて次男と連れ立てり四国の遍路同行二人

話す時ほぼなく過ぎし二十年歩き遍路にくらしを話す

子どもらの寝入りしのちに帰宅する日々つづけるに言葉のあらず

大丈夫だよ何がだいじょうぶかわからねどただに黙って聞きているのみ

あきらめの気持ち今年もたしかめて通し鴨群れをはなれて泳ぐ

鴨の身を北へいざなうあたたかさ群れの気配のさわだちはじむ

あの人は宇宙人なり背の矮くほほえみ消さず測量をなす

宇宙より来たれる人と話したりＧＮＳＳ観測中の

ＧＮＳＳ－全地球航法衛星システム

衛星の八つと交信なしている観測中の莞爾たる人

楽しいねと言えば車に積みている機器も取り出し扱いくれぬ

衛星の電波を享けて夕光にひらける梅は紅きざす

春の渦潮

四月一日　鳴門の渦潮見物に出かけ、観潮船から春の渦潮を楽しんだ。

葬祭の日の会館に桜みち先生は逝きぬ　家族葬にて

鳴門への乗換駅の池谷《いけのたに》待ちいる人ら肩を寄せあう

鳴門の観潮船。

橋脚の近くに船は近づきてここをし見よと速度落としぬ

この場所の渦は右巻き　すり鉢をのぞくわれらをいざないやまず

段《きだ》なして春の潮《うしお》はせまりきぬかがやく造化の力をもちて

湧きあがり喜びおどる春の渦狭き海峡にしぶきなす花

あめつちは蘇りゆく白き泡ふきて生まるる渦を目見《まも》りぬ

あちこちに鬼蓮の円描きいる静寂たもつ海面のあり

小満

猪に狸に遭った話する輪をなす男のほら話よし

いろいろなことありましてひさびさに山道に会う人と挨拶

国をすて四国をめぐる老い遍路しばらく共に並びて歩く

ほどこしを受くるは嫌とかたくなこころに四国の遍路路《じ》行きき

歩きいるおだいっさんへの接待とわかり手を出すはだか銭へと

弘法大師のことを四国では「おだいっさん」と呼んでいる。

お接待受けし心にともりたるぬくもり抱きて山道越えき

声出して般若心経誦《ずん》ずるを恥じずなりにきいつよりならん

ローマ字の般若心経見せくるるオランダよりの二人のおみな

猪を里へ出さぬと編む柵の中に入りたり狼藉の土

聞いてくれとばかり頭上にホトトギス鳴けば探すに姿の見えず

つかれです診断みじか　顔面にヘルペスの出て医師に向かいぬ

顔面の右につぎつぎあばた出て痛さきわまる酒にまぎらす

鉢かずきの姫はヘルペス病みにけんぱかっとひらき鉢脱ぐ日あれ

耐えるよりすべなきヘルペス赤白黄くすりのいくつ　また来よという

椎間板ヘルニア痛はふっとびて顔面右へ意識あつまる

赤白黄こんなに薬飲む日など来ると思わずのみどに落とす

さぬき野に小満の来てしろたえをつつめる小麦は黄を噴きあぐる

パソコンの遠隔操作この世なる魑魅魍魎を呼びいだしたり
こんなにも苦しむことのかつてなしえいと投函あと振り向かず

ふかき存在

遅れたる友を呼びおり遠くより笛の音応う　麦熟るる道

菱の実は打ち寄せられて風強き夕べの岸にあつまり揺るる

夕光のそこのみに射し垂れさがる椿の緑ふかき存在

風草は道のほとりにすいと伸び車の来れば身ぐるみなびく

心など見えぬと誰か言いたればそれはねえと夢のさめたり

仙骨の語に導かれ『広辞苑』の人を支うる骨格見つむ

なきものは無しと言いはる政党のなんじゃもんじゃの白き花咲く

両界曼荼羅

つけまつげ少しずれたるドライバー南海なんばへ運びくれたり

女人堂ここより紅葉《もみじ》濃くなりぬ　おみな通さぬ時代のありき

閉じたれば一面あかきまなうらは末世のごとし紅葉散りつぐ

制多迦を従え今の世なおしに不動明王降臨をせよ

紅葉濃き高野をめぐる身のうちに両界曼荼羅浮き沈みしつ

散りゆかん力からだにたくわうと枝にすがれる黄金《こがね》のいちょう

夕光《ゆうかげ》にくろがねの虫背負うものなんにも持たず難民ならん

暮れゆきて窓辺にあかくゆらぎいし紅葉すでにくらきかたまり

北に居し日々を語らぬ地村さん顔に歳月のにがさのにじむ

帝国に「啼哭」つづく辞書のあり　国民の財産守るとぞ言う

南天

南天は一属一種ユーラシアのすがしさつれて渡来なしけん

雪うさぎのなるてん目玉戦いの後の四国によく雪降りし

南天の葉を添え届く紅白の薯蕷饅頭《じょうよまんじゅう》二つよりそう

新年を祝うと活けし赤き実を留守の間小鳥食いつくしたり

南天のいよいよあかし戦無き七十余年あまたほころぶ

お日待ち

寄り道の蔵王権現　お日待ちの言葉にわれはいざなわれ来つ

幼き日祖《おや》ら語りいしお日待ちの行事の残るなんと讃岐に

なにをする行事か問えばよう知らん　話はぷつりそこにて絶えぬ

地方より若者さらいてしまいたる時代をなげく準備をしつつ

後継ぎのなければわれらの代までか一升瓶を供うる翁

祭り酒飲む若きらのなきゆえに宵にはやばや散りゆくという

お日待ちは神と共に夜を明かす　柳田国男は起源を記す

桜並木休眠打破のつよかりき梢をほんのりつつむ紅《くれない》

サッカーの休眠打破か丸亀の高等女学校フートボールは

春一番野に吹きあれて草も木も地にあるものははげしくなびく

宿題出来ず

魂まつるわざの絶えたることなげく『徒然草』の第十九段

『徒然草』読みなおさんとひらきたりどの章段も簡にして勁

人生の残り少なき時かかえたたずみいたり第五十九段

残生に読みたき古典こまぎれの仕事にまたもひきちぎられぬ

少しずつ読むに便なる章段は老いのかなしみ深めんとする

残りたる宿題出来ずなげきつつ始業式なる前夜過ごしき

仕上げには父の手の入る工作を宿題として提出なしき

萩すだれ

萩すだれ古きを出して吊したり台風の風時おりたたく

思いきり振り向きざまにぶつかれば網戸はおどろきの悲鳴あげたり

ぶつかりし肩のあたりをかばう身は角まがらんと柱にふれぬ

スクワットなすとかがめば左ひざ枯れ木のような音をたてたり

明けきらぬ運動公園みんなみの方に向かいてスクワットする

あのじいさん大丈夫かと目守《まも》りいる星あり　がんばっている

痛みいる左の足はそれはそれもしなまけなばあしたにひびく

眠剤の効きにくき不眠は老いの坂八合目あたり紫陽花ひらく

公園のトイレの鏡にとまりいるくさきり背中も腹も隠さず

おなじみの星今朝見えずあいさつもせずにもどりぬ借りはなしだね

この夏はなんで年寄る　年回りよからぬ年とおのれなぐさむ

早暁のくらきをますぐに飛びくるは熊蟬ならんいのちの力

三余

この世への形見にあらん何のためか記さず一枚の書を送りくる

「三余」なる古代文字の書濃き墨の単純にして線の勁き書

痛みある体をなだめ書きたらん一本の線おろそかにせず

ふれがたし紫紺の茄子は豊かなる朝露おびて垂れさがりたり

まつよいぐさ街灯に一つうきいでて平成の夏へ別れをなせり

奥伊予のどろんこ祭り。

見る機会いずれあらんと許したるおのれのあまし祭り絶えたり

昨年のネットの動画いきなりに泥匂いたつ祭りたけなわ

田作業の真面目な神事は祝詞まで　あとはどろんこの見世物となる

ふざけあいいつか真剣の泥試合飛び蹴りもあり斎庭《ゆにわ》の泥田

腰掛けて笑い見ているたびびとの顔にいきなり泥塗りたくる

塗られたる泥顔かたみに笑いあいゆたかさ分かつおおらかな伊予

*

平成の終わりの年の台風の見たことのなき逆走始む

かかわりのあらずと思いいいし川の川床いっぱい水宇宙なり

伊予太郎新しきことば一つ知る心にともるふるさとの伊予

牛鬼の祭りはせめてと願う人　水害のため中止となりぬ

祭りとは人とひととをつなぎゆく太き綱なりすがりたきもの

菱の葉は池の岸べをおおいたり隙間にそこなきくらさをたたう

手押しなる車に乗れる病む犬のかなしき目とあう目をそらししに

磁石など持ちて歩きし遍路の日使うことなしリュックの底に

磁石だし朝の星座を確かめぬ思わぬ方に木星のあり

Kさん兄弟四人と一夜。

善助餅会うひとひ前届きたり実在の人の名を負える餅

餅一度に三十一個を食いしとう越智善助は南予の翁

餅一つ食えば灯れる心神の豊かになりてあかときの野へ

善助餅もどりて一つ食いたしぬ善助さんにはるか及ばず

伊予の地が舞台にあれば楽しみき獅子文六の『てんやわんや』を

妹のつくれる歌を見習いて老いの学びの兄弟三人

短冊を洗濯ばさみに吊したり座の文学の原初のかたち

古木の力

靴の石除くとすがる枝先に梅いちりんのふくらむ白さ

ひとつずつ孤立し咲ける梅の花古木の持てる力あつめて

先生、どうにかできませんか言わせたる日本の国もわたしもゆがむ

青頭巾かぶりて父のひかれゆき数日後には母の続きぬ

迷いたる子狸ひとつ電話にてよばれし警官とりかこみおり

人の住むところへ迷いいでてきて子狸人の足に寄りくる

人間と狸と共存この町をほのかにけもののにおいのつつむ

黄金なす池の表にうかびたる鴨は夕陽にくろき点々

みぎひだり今日は気分の向くままに道を選びて紅梅に会う

ひとにぎり土筆をつみてもどりたり卵にとずればこの春にがし

眠剤に頼らぬ眠り夜々なせり樹液からだに満ちいしころは

とぎれたる眠剤に身は輾転と無明長夜をさすらいやまず

ひとりずつ指折り数う　人は逝きこの世に塩の結晶のこす

果てもなく広がる空《くう》をさしあたり「無」とし呼びなん荒涼の野を

新しき位置にかゆみのあらわれてかゆみはそちらへあつまりてゆく

雨水なる今日降る雨のあがりたり濃霧警報の季節はじまる

濃き霧の四国覆えばまた思う紫雲丸沈みし中学時代

とんするよ背後の言葉にふりむけばつられてわれはとんをなしたり
梅の花枝に凝りて残る先こぶのようなるいのちはぐくむ
吊革にすがりてねむる立ちながら眠り続くる樹木となりて

折紙の飛行機指より離れゆき水平飛行の空つかみたり

枯原に夕光とどき卵黄のひかりとなれば野のかげふかし

坐りたるめぐりに蕗の薹芽吹きわれをとりまく埴輪のごとし

つっ立ちて見ていし津波あの日より八年過ぎぬこころ棒立ち

三・一一生きてこの世を思えとぞまためぐり来ぬ人のおごりを

街へゆくこころのはずむ若き日をうばわれしいまなべて過ぎゆく

なにせんと

公園のベンチに腰より坐りたる媼はいきなり眠りはじめぬ

怒るすべ失い見ており億単位の不正の金の動くこの世を

平成の啓蟄の日にあらわるるてんとうむしのおさなき斑点

なにせんと生れしこの世なにもせず待ちている間に桜咲き満つ

遠くにてかすかに見えいし八衢の進路に従うばかりに生きて

この世から一抜け二ぬけ三抜けて若葉の季節いきなり来たり

浅篠原

山桜あかり灯してまねきおりうつつの衣一重ずつ脱ぎ

座談なく音楽のみのながれくるＦＭきよししばし友とす

阿弥陀籤禍事《まがごと》ひとつ引き当てて鬱々といつ春のながあめ

休日の乗る人少なき路線バス踏切越ゆと音をたてたり

こどもの日知らぬ子どもの半ばいる豊かな日本ゴールデンウィーク

補陀落にたどり着くらん連休の外海《そとうみ》の波にもまれもまれて

つきあいのすべを学ばずひとりなる時を好みて机にむかう

秋成の孤独にいびつな人柄を友とし選ぶひとりなる昼

寂しいね花に語ればながらえて何をするかと反問されぬ

妻恋いてせつせつと鳴く雉の声まだあけやらぬ浅篠原《あさじのはら》に

紫の季節いたりぬうすき色桐のむらさき濃きいろ菖蒲《しょうぶ》

かたまりて咲ける菖蒲の濃紫寄り添いゆけばいよよ陽に映ゆ

紫の菖蒲の花と近づけば色も背丈もおのがじしなり

蜘蛛の糸曇り空より垂れて来ぬ凡愚のわれを救わんために

垂れ来たる最後の一本犍陀多の糸はいらぬとはらいのけたり

小分けして今日一万歩あるきたり遍路の日には四万越えし

一本の橋の見えきぬ逃げられぬ踏み絵の場へと近づきてゆく

買い足して鉢に入れたる緋めだかは道知りたらん迷わず沈む

大さじの蜂蜜を舐む蜜蜂の一生をかけて集めしものを

山桃の季節

露ふくむあかとき草木のねむりおり手に触れたればぶるっと目覚む

遍路にて四国歩きしたくわえを持ちたる足は歩行悦ぶ

山桃の季節至りぬ葉うらにて熟るるつぶつぶの赤さ身にしむ

生検のため香川大学医学部附属病院に入院。

さりげなく前立腺の癌ですと診断くだる　黙って聞けり

家系図の履歴たどれば一族の先頭に咲くかんぞうの花

青墨に一刷きされし屋島やま今朝は景色の奥に退きたり

今の世は二人に一人の患者の世そのひとりなり　ひきあてにけり

連日の治療半ばに降りられず患者ら朝ごと言葉なく待つ

痛みなく痒みもあらぬ放射線照射終われば椅子にしずみぬ

「びょうきはやくよくなって」折られたる同封の鶴くちばしゆがむ

三か月休まず放射線浴びつづけついにモグラに変身をせず

頻尿の間隔さらに縮まりて病院内のトイレを探す

生きてあらば身を揉み妣《はは》は悲しまん伏せたる情報どこかで聞いて

亡き人がむこうより来て年齢の順に人は死なないと言う

梅雨寒は身にひびきけり続きくる猛暑日はさらに追い打ちをかく

昨年の西日本豪雨映されて見しはずの山見しはずの川

収穫前桃の落下をせし畑　近づく風に桃見張る人

避難所に一年過ぎて帰れない人のなげきを次々映す

屋島寺へ遥拝をなす　当病の平癒祈らず諸悪許せと

亀ひとつつぶされている朝の道涅槃によりくる衆生のあらず

いまが大事だ

ぐわっぐわっ生をことほぎうしがえる鳴き合うあした川のくまみに
あかときの人無き川にうしがえるいまが大事だ声はりて鳴く

よわりたる体全身にひらきたる蕁麻疹の花いずこも痒し

漢方の八味丸M抗アレルギーの薬にたちまち蕁麻疹散る

散歩より帰りくる空あかねさし梅雨明け今日の暑さ予告す

放射線照射に身の辺めぐりゆくリニアック時に見つめていたり

てきてきと洩れ止まぬ身をうつしみは持ちて夕べを佇みていつ

こころとは体にそいて動けるに心はいつも遅れがちなり

両親の墓に報告　年初より耐えたる治療の日々のいぶせさ

考妣《ちちはは》に病気報告なさぬ日々知らば悲しむのみと思いて

ふるさとの燧灘《ひうちなだ》産海老烏賊をたっぷり食えば心のゆるむ

両親に続き義父母の墓まいり病気報告短く告げぬ

果たすなく時のすぎたり先生の墓に来たりて非礼をわびぬ

秋の陽のぬくもり保つ墓石へとふるれば出会いし若き日おもう

炎昼の墓参を終えて心へのけじめのつけばこの夏は逝く

狭量のかみなりおちし日のありと諏訪の地酒を酌みつつ偲ぶ

泌尿器科放射線科の検診と二日続きぬ医大病院

友とするに悪《わろ》き者は「病なく、身強き人」兼好のことばかみしめており
「四十《よそじ》に足らぬほど」の死を記したる兼好のこころのゆらぎをおもう
刈りふせる草に蟋蟀鳴きしきり体のじょじょに整わんとす

酸橘

もぎたての酸橘しぼれば灯の下に果汁は矢羽根の燦爛散らす

病状をたずねくれたり　人生は一病息災繰り返し言う

ストレスが原因なりと明快に結論くだし人は去りゆく

うつむきて歩めるわれにはっとせり陽あたる道につきてくる影

ひょっこりと顔を塀よりさし出だし挨拶くるる翁の逝きぬ

その道をゆくのがお前のこれからだたたずめる背を誰か押したる

あたたかき白湯を両手につつみ飲むふつふつと湧くいのちの源泉

秋の陽にあかあかともるつるべの実柿を洗わず齧りし日あり

水瓶提げて

かるかやの絮毛つぎつぎ夕陽へと飛びたちゆけり　行け行け彼岸

聞きなれぬ地名テレビにあらわれてどこの家にも泥濘光る

水害をのこしゆきたる台風のすぐれば季節はずれの暑さ

水あふれ過ぎたる町に山積す日々いとしみて使いいし器具

秋の陽は路面に四角な影おとしぼうぜんとしてながめていたり

行きずりに摘まれて残る桜蓼　姿のよきを一本えらぶ

あかき実の水瓶提げて揺れいるは夏あおぎ見しやまぼうしなり

名物のかたき唐黍　ひらきたる荷物のひとつ立ったまま食う

まはだかの青き芋虫まず寒さしのぐが大事ひたすらのぼる

散歩道ほぼきまりたり十重二十重団地を縛り地蔵となしぬ

観音菩薩

とき早く梅の開花を告ぐる日にやっと通れる猫の道ゆく

いぬのふぐりくっきりひらく雨の後地表にひらく瑠璃紺星座

指先に殺さるるとは知らぬ蟻まず一匹のわれへと向かう

今の世は堕地獄世界となりはてて笑う地蔵に春雨そそぐ

日本の風土の力ふっくらと観音菩薩ふくよかに立つ

メルカトル図法の地図に朱をいれてコロナ感染一面の花

見上ぐれば白木蓮はどの白も孤立を保ち蕾を掲ぐ

誕辰の朝

誕辰の朝の手の甲なでており　許してくれしことよみがえる

マスクの顔バックミラーに見えたればいそいでわれも顔をおおいぬ

ウィズコロナ　手にくるりんと棘もたず球となりたる仮死ダンゴ虫

スマホへと変えて夏安居《げあんご》　なずみつつ電話のかけ方まずは学びぬ

メール消す操作ようやく身につきて不要不急を楽しみて消す

完全に削除さるると知らざらん届くメールはたちまちに消す

おばさんと二人のスマホ教室のインカメラなるのっぺらの我

この世なる六道の辻通り過ぎ茜蜻蛉は里へとくだる

病む人の家はほたるの灯をともししずかに立秋斎えるごとし

八十の老いなる身にも意地ありて横断歩道に踏みいだしたり

歩き出せば体はなんとかついてくる遍路の日々に得たる教訓

香川大学医学部附属病院の玄関に志度寺縁起図が飾られている。

平面に時間と歴史畳みたる縁起のなかを阿一はすすむ

生き返る阿一を画く壁画にはどこまでゆきても沙弥の一生

三か月検診ごとに病院の阿一の壁画しばらく見上ぐ

蘇生せし阿一を画く壁画なるこの世の迷路ついに出られず

五十年に一度の雨の晴れゆけばここが死に場と緋めだか赤し

かきくもり龍のぼりゆく一瞬のくらやみのあり四国をはしる

本降りの雨あがりたる朝焼けの池に映れる此岸の深し

出荷前の野菜を求むズッキーニ胡瓜白瓜ずっしり重し

梅雨の雨おもいきり吸う白瓜の肌まふたつに俎板に裂く

切り抜きの鋏すんすんすすみゆくなにかよきこと今日あるごとし

照ノ富士の序二段よりの復活は一夜明けても心あつくす

つづまりは人生に甘えていたのだとおのれなだめて終わりにしたり

案山子にも魂宿るか問われたりうんと答えぬ人形《ひとがた》のまえ

不安なる顔する人は心こめともに生きたる案山子にふれぬ

トゥビーオアノットトゥビーあえぎつつ坂のぼりゆくわれの晩年

読む歌の日常こんなに輝くは単純の日のつよきうらうち

乱視なる目にはコロナの球《たま》となり東京行きの飛行機は飛ぶ

緋めだか

新しき茗荷を添うる酢の物を一箸つかむ酷暑日つづき

泉州の塩漬け水茄子うまければさらに一合追加をしたり

世の中がしーんと白き記憶あり五歳に迎えし終戦の日は

戦争は負けて終わりぬ往還のあちらこちらにおとな寄り合う

節目なる七十五年目の追悼式手の届き得ぬディスタンスとり

あかときの散歩に会いしは一人のみマスクのいらぬ道えらび来て

後ろ歩きに坂登り来る人の背に短く挨拶なして別れぬ

公園のトイレは一つのみ残し使用禁止の黄のテープ貼る

できかけの歌の切れ端誰の手の拾い捨てしかゴミ箱にあり

頻尿に眠りの足らず朝食を終えたる体睡魔の襲う

湯につかり法師蟬鳴くを聞きており弥勒のいない空白の世に

夢にきて首をたれいる向日葵はコロナの夏のかげりを負いて

こんなにも心むしばみいしコロナ夢の向日葵あざやかな色

猛暑日は明日までとの予報あり疲れ濃くせり九月に入りぬ

辻々に祀られているお地蔵さんひたすら祈る媼のありき

朝の月たっぷり地蔵に射しており見ている人の一人もあらず

コロナ禍の今日底抜けに空青くＣＴ検査を受けしさびしさ

歩くとはかくぶきっちょうペンギンは背を揺り腰振り画面より去る

小さなる生餌まるごと呑みている動物園をさりげなく見す

放ちたる緋めだかいくつうきあがり母よははよと鉢に追いゆく

鍋の底

桜咲き燕忘れず来る無残陸奥にまたも地震のおそう

震災の映像つづくテレビ切り眠剤たより昨夜《きぞ》は眠りぬ

引く力さらにむこうへと引く力夢に揺らるるひとつの藻屑

椿散るうえにぼたっとひとつまた　しずまる時の存在重し

讃岐野は鍋の底なるうすぐもり黄砂に桜散りかいやまず

たくわえし時の力をゆるめつつ桜はあかりの中を散りゆく

櫟葉はたちまち里山おおいたり燃え立つ緑の炎となりて

急激に誌面の細る短歌誌は月の初めに律儀に届く

人生の出会いは神のなすわざか会うべく会いしたのしみのあり

不要不急のひとつにあらず歌の会つぎつぎ中止の連絡続く

子どもらの密

並び立つビル一面に茜へと染めあげるころ　東京とおし

懸命に穴掘る人のかたわらを用なきわれは過ぎゆかんとす

不要不急午後公園に子どもらの密いくつでき喚声あがる

こわーいと象の滑り台頭より滑りくる子はまた繰り返す

遊ぶ子に少しはなれて若き親スマホをいじり振り向きもせず

枝垂れたる柳の枝は芽をふきてからだなびかせからむことなし
芽吹きそめ緑にけぶる里の山なびけこの山春の疾風に

青梅

山の端のくれない浴ぶる麦の芒《のぎ》ひとつひとつはかたみにふれず

見下ろせる大皿小皿溜池は日の出のまえをしろがねに輝る

西へ西へ歩みてゆかばおのれへと還りゆくべし伊予路へつづく

ふるさとを離れて住めるかごぬけの一羽の鳥か讃岐に長し

イソヒヨドリ空より斜めにますぐ来て煉瓦色なる胸をさらせり

くりかえしバッハのミサ曲聞きし日の掌にある青梅ひとつ

青梅に並ぶ辣韮洗われてスーパーの棚　背筋のさむし

雨降りて散歩が午後に変わる日は空豆どっさりもらいて帰る

「虫に注意」言葉を添えてブロッコリーさらに一つを乗せてくれたり

庖丁の切れ目にのぞくあたらしき濃き青見する湯がく空豆

拾われて戻りし帽子三年目ためらいながらゴミにだしたり

逆さまにゆかぬ人生おおよそを無為に過ごしし時を重ねて

搾木《しめぎ》よりてきてきてきとこぼれゆくこの世のしずくシロホンの音

交響曲終曲近し急階段せりあがりゆくに息をのみたり

冬越えしめだか三匹生き残り二対一にて餌を争う

両親に見せぬ手紙を持ちてくる幼女は手紙を妻に手渡す

たどたどと消しゴムのあと残りたる鉛筆に書く絵入り便箋

ワクチンの予約の噂伝わりてどっとそこへと人なだれゆく

ワクチンをためらう人の声消えて予約開始日数え待ちおり

もう少し遅いはずだと忘れいしワクチン接種の日時決りぬ

ワクチンの接種の夕べ晩酌をひかえし体はそわそわとして

政権の介入あらわなワクチンの接種はどっと早まりてゆく

免許証の延長のためいびつなる時計の絵描く検査受けたり

期間おく高齢者講習二時間に心身ぐったり疲れてもどる

単純な検査にひどく疲るるはまぎれなき老い到れるあかし

車庫入れに切り返しなどせしことは見逃しくれて免許証交付

明け方の月を宿せるふかき空虚仮《こけ》のこの世や今日五月晴れ

西風に片なびきいる茅花の野　邪馬台国にもゆるき風ふく

笹舟

胡瓜無しなすびのあらず高価なるレタスの並ぶスーパーの棚

あのひとに今日も会いたりメモ出して一つひとつと籠へ入れゆく

感染者なき香川県全国の地図にぽっかり空白となる

消毒を繰り返す身は鍍金《ときん》なる光れる仏レジに向かいぬ

ホロコーストの行列にいて足型の上を踏みつつひとつ近づく

知らぬ間に不織布マスク大きなるものをよしとし手作りひそむ

『徒然《つれづれ》草』の寄り道に読む『一言芳談』ひたすら阿弥陀を念ぜよという

唱えなば浄土に到る　学問は無用ていとうていとう鼓

あの人もあの犬も逝くと告げくれぬ散歩の道に出遭いし人は

神仏に加護を祈りしわれはいまいずこただよう一つ笹舟

新島守りよ

高校の下校時の書店に求めたる『増鏡』ぐいと心に刺さる

「われこそは新島守りよ」立ち居するたびにいくどもつぶやきたりき

進む道ここぞとわれはみつけたり古典に生きる道を学ぶと

いきなりの寒さに沈み緋めだかは餌を求めて寄り来るとせず

カーテンのむこうにゆらげる緑の葉きらりと不意の光を放つ

門灯をともさんとして出ずる先初嵐の白一輪ひらく

あたたかき饂飩の鉢を手に包み終われる白き秋を見ており

明けの空澄み渡りたりオリオン座を見あげ歩くも今年で終わり

書き割りの夜明けの空にくっきりとオリオン星座の三点バンド

ケンケンパー人無き朝の公園に跳びてみたれば体ははずむ

いつの日を見つむるまなこ見つむれば秋の時間の煮詰まりてゆく

何本もコード刺さるるパソコンは病みたる人の身代わりならん

うしろより買い物籠に押しくるはアマビエならん振り向かずいる

鱗雲くっきり浮きて輝けり世直しをする為政者出でよ

尾頭を持ちたる一尾の全きはシズ、　ボウゼ小さき魚

再読文字

漢文の一度読みし字に戻りくる再読文字に胸あつくいし

同じ字に再びもどり読むすべを見つけし古代の人のときめき思う

中国語に読めば『論語』の戻らぬ字知りて驚く未だあたらし

白文を読むに苦しみ返り点たよりて古き書物をひらく

マスクして初めての人とあいたりき大きめのマスク心を隠す

後世の話題のために残し置くアベノマスク小さき布を

一本の抜き出でている眉の毛を引き抜かんとす鏡の中に

眠剤の連れゆきくれし野はしとどつゆをまとえる茅原にあり

紫の髪歩くたびふさふさと乙女の来たり秋深き日に

滑舌のテスト

滑舌のテストいきなり始まりぬ歯科医院なる椅子に坐れば
たの音にむせかえりいつたたたたたわがうつしみは渦に呑まれぬ

四国路を遍路にめぐりし金剛杖焚き上げにせん山河のにじむ

六十代とっぷりつかる遍路とは己に向き合い己をただす

見返りを求めぬ四国のお接待媼は道に立ちて待ちいき

蹌踉と歩く四国の遍路道にもらいし硬貨を卓にならべぬ

道中に果てなば杖が墓標なり宿に着きなばまず浄めたり

遍路道時計回りに巡りゆき何の見えしか歩きつかれて

行き倒れ一世は過ぎん　ひすがらを人に出会わぬ山道歩く

結願の寺の近くにあつめたる遍路墓あり生涯遍路

金襴のカバーを取れば隠れいし金剛杖の頭部の梵字

人生の一つ終活　決断のゆらがぬうちに焚き上げたのむ

付き添いて来る病院の検査室人影のなし鏡なす床

病院の地下一階は音のなし部屋の戸閉ずる放射線棟

病院の地下に音せぬ部屋つづき虚仮の空間ただに光れり

病院の検査室へと衰えのしるく目に顕つ妻の後ゆく

単純に付き添うだけの一日に肩の凝りたり妻はなおさら

生れ持つ時間の紐をたどり来て人生の坂苦しみのぼる

わかれんとこの世に出会う家族なる絆の重し一炊の世に

あっ言葉体通過すあの世へと渡りゆくべきパスワードなり

四つ足に歩ける犬のとどまりて嗅ぎいる大地いかなる香のす

老いの身にどんぶらどんぶら寄せてくる大波受けて帆の傾きぬ

吹き降りの翌日晴れてすきとおる風なき朝水仙ひらく

堰越えて落ち行く水は大波の押し寄せるたび輝きの束

人類の殲滅なさず新しきウイルスつぎつぎ置き換わりゆく

蹟ける本の山より『方丈記』あらわれ出でぬ歳晩の日に

「あまりさへ疫癘うちそひて」オミクロン株はあまさず日本をおおう

おんばざらたらまきりくの真言を唱え忘れて一日すぎゆく

ミモザの春

黄の春はミモザの枝に連なりてばさりと空より届けられたり

伐られたるミモザの枝は黄のひかりなだれをなして頭上へ落ちぬ

脇ばさみもどりくる道会う人にミモザの春をわかたんとする

夢のなか歌の会へと紛れ込めば誰もはだかに心を語る

コロナ禍に中断されし飢えならんからき批評をよろこびて受く

歌はねえ生き方なんだいまさらの言葉を語る人へふりむく

いたわりの言葉に本音からまりてそうだそうだと歌会ははずむ

人道回廊

しっかりと今年の鬱金《うこん》桜見るべしと言い聞かせおりおのれに向きて

この世なる果ての向こうのその奥の入れ子をなせる闇の万象

長明の見し地獄絵をはるか越え路上に死者ありウクライナ今

ゲオルギー・リボンを胸に粛々と群れ近づける夢に覚めたり

大使館追放なすとバスいでぬ外交官とその家族乗せ

計測をされたる軌道まっ直ぐに火箭《ひや》の跳びゆく画面を抜けて

大砲の音テレビよりひびきたり泥土のつぶてぱっと散りくる

反りかえる揚羽の蛹断食のかがなべて幾夜を経たりしものぞ

五つの房できてただいま親は留守　足長蜂の巣を壊したり

ホトトギス一声啼きぬしたたれる緑のなかに溺るるごとく

ウクライナの情報朝の一番に確かめやおら仕事にもどる

ゼレンスキー背筋ゆらがず死者あまた出してもま直ぐ見据え続けて

卓上のめがねにいくどみつめてもルビを読みえぬ視力となりぬ

妻も子もさぬきびとなりわれひとり伊予にでかけて伊予人となる

あなたはね伊予の人だよ伊予に来て伊予の人らに混じり語れば

あやめの時過ぎて菖蒲《しょうぶ》の時なるに侵攻の兵国に帰らず

殻を負う蝸牛つぎつぎ生《あ》れ継ぎぬ雨の朝の前世のどちは

階段の半ばに用を思い出しふりむきたりぬでこぼこ人生

いきなりに夏日の来たり家の内人道回廊よろめき歩く

青梅を心に抱きてうたた寝を醒めたるからだ潔斎なして

立葵

ひーよひよ呼ぶ声のせりしっとりと露おく野原の屈原を追う

一万歩越えたる散歩　遍路道歩きいし日の序にすぎざらん

若きらの逝くよりさらに濃く重しいきなり届く同年の訃は

樋のなき藁屋根の先ふくらめる滴の耐えて保てる光

立葵天辺に緋をかかげたり四国の水瓶ゼロに近づく

全国のニュースとなりて早明浦《さめうら》の干上がるダムは映されており

近用の眼鏡にふいに立ちたれば夏野とともに大地のゆらぐ

山したたる

手を出さぬ我を見かねて旨いよとカウンター越し差し出しくれき

カメノテをせせり食いしは宇和島の遍路の夜なり美味を忘れず

箸に皿寄せる不作法見逃せよ　かつおのたたきの切り口きよし

じゃこ天の伊予よりどっさり届きたり南予の風を舌はよろこぶ

舌先をひりりと刺せる獅子唐のとんがり帽子酒によろしき

流子《ながれこ》と獺祭にひとり祝いたる八十二歳誕生日今日

山したたる季語に祝われ誕生日　残生ふかき歌をのこせよ

一日に一花の木槿　何祝う祭りにあらん二つ開きぬ

封書出すついでに寄れる蓮の田の開かんとする時に出会いぬ

八十余年生きしはフェイク耐えしのぶ戦争ありき少年の日に

ゴーヤーは沖縄の味　熱中症警戒アラートにほろ苦き味

流子を殻よりはずしつくづくと貝の内見つきらりきらりす

国境は地図上の線　プーチンの頭の中にここは我が国

ふるさとへもどらんための勝ち土産必要ならん引く気配なし

プーチンの崩さぬ正装ネクタイをつけたる姿歴史に消えず

夢に来て媼ひたすら黙祷す開ける大地夕暮れどきを

青紫蘇に穴をあけしはバッタにて帽子《もうす》を着たり何の寄り道

緋めだかもついに二匹となりはてぬつねに寄り添う二つ見ており

ゆうがたに帰る気がする亡き夫の悔みを言えば妻はぽつりと

摘み採るを許したまえよ道の辺のカヤツリグサにネコジャラシの穂

あとがき

第九歌集『谿泉』出版の後、総合雑誌等の発表の場をいただく機会が多く、一冊に納まりきらない作品がたまってしまった。積み残した「音」誌等の作は別の機会にと、二〇一七年から二〇二二年までの作をまとめて第十歌集『山水』とした。年齢的には七十代の末から八十代はじめの作である。親友知己の思いがけない訃報に接することが幾度かあり、身にしみるような人生の時期でもあった。

歌集名を第一歌集以後漢字二字で統一をと考えたがなかなか困難。「山水」、単純なところにもどった。四国の自然のなかでの生活が念頭にある。第十歌集までやっとたどりついた思いをかみしめている。

共に歩んで来た「音」短歌会のみなさんの力もさまざまな場でいただいている。集団で歩んで来た時間の意味を嚙みしめている。

出版の約束をしながら、他の出版社でということなどもあったが、今回は短歌研究社の國兼秀二様、菊池洋美様にお願いすることになった。装幀は倉本修氏が第九歌集に続いて担当してくださるそうで楽しみにしている。

令和五年七月一日

玉井清弘

著者略歴

玉井 清弘 （たまい・きよひろ）

一九四〇年（昭和十五年） 愛媛県生。

一九七六年（昭和五十一年） 第一歌集『久露（きゅうろ）』刊。

一九八六年（昭和六十一年） 第二歌集『風箏（ふうそう）』刊。 芸術選奨文部大臣新人賞。

一九九三年（平成五年） 第三歌集『麴塵（きくじん）』刊。

『鑑賞・現代短歌八 上田三四二』刊。

一九九五年（平成七年） 『現代短歌文庫 玉井清弘集』刊。

一九九八年（平成十年） 第四歌集『清漣（せいれん）』刊。 日本歌人クラブ賞受賞。

二〇〇一年（平成十三年） 第五歌集『六白（ろっぱく）』刊。 山本健吉文学賞、 短歌四季大賞受賞。

二〇〇四年（平成十六年） 第六歌集『谷風（こくふう）』刊。

二〇〇七年（平成十九年） 『時計回りの遊行 歌人のゆく四国遍路』刊。

第七歌集『天籟（てんらい）』刊。

二〇一三年（平成二十五年） 第八歌集『屋嶋（やしま）』刊。 詩歌文学館賞、 迢空賞受賞。

二〇一八年（平成三十年） 第九歌集『谿泉（けいせん）』刊。

他に香川県文化功労者、 文化庁地域文化功労章、 四国新聞文化賞など。

検印
省略

音叢書

令和五年十月一日　印刷発行

歌集　山《さん》水《すい》

著　者　玉《たま》井《い》清《きよ》弘《ひろ》

発行者　國兼秀二

発行所　短歌研究社

郵便番号一一二―〇〇一三
東京都文京区音羽一―一七―一四　音羽YKビル
電話〇三（三九四四）四八二二・四八三三
振替〇〇一九〇―九―二四三七五番

印刷　KPSプロダクツ
製本　牧製本

ISBN 978-4-86272-745-9 C0092